Vente du Jeudi 10 Mars 1870

MEUBLES D'ART

FAIENCES ITALIENNES

EXPOSITION PUBLIQUE : Le Mercredi 9 Mars 1870

HOTEL DROUOT, SALLE N° 3

Mᵉ **EUGÈNE ESCRIBE** | **MM. DHIOS ET GEORGE**
COMMISSAIRE-PRISEUR | EXPERTS

PARIS — 1870

RENOU ET MAULDE

IMPRIMEURS DE LA COMPAGNIE DES COMMISSAIRES-PRISEURS

Rue de Rivoli, 144

CATALOGUE

DE

MEUBLES D'ART

EN ÉBÈNE ET IVOIRE

JOLIE SÉRIE DE CABINETS ITALIENS

Tables, Chaises, Bureaux, Meubles à deux corps, etc., Bois sculptés
et Marqueteries, beau Lit attribué à BRUSTOLONE, Porte d'entrée
de palais, grand Buffet-Dressoir vénitien, Tables à jeu, Commodes,
Toilettes, Bureaux et autres Meubles en marqueterie de bois.

FAIENCES ITALIENNES, TRÉPIEDS EN FER

DONT LA VENTE AUX ENCHÈRES PUBLIQUES AURA LIEU

HOTEL DROUOT, SALLE N° 3
Le Jeudi 10 Mars 1870

A DEUX HEURES

Par le ministère de Me **ESCRIBE**, Commissaire-Priseur,
rue de Hanovre, 6,

Assisté de **MM. DHIOS** et **GEORGE**, Experts, rue Le Peletier, 33.

EXPOSITION PUBLIQUE

Le Mercredi 9 Mars 1870, de une heure à cinq heures.

PARIS — 1870

CONDITIONS DE LA VENTE

Elle sera faite au comptant.

Les Acquéreurs paieront, en sus du prix d'adjudication, CINQ POUR CENT, applicables aux frais.

DÉSIGNATION

MEUBLES, OBJETS D'ART

1 — **Joli Meuble à deux corps** en ébène et ivoire; il repose sur quatre pieds à balustre reliés par des traverses en X; la partie centrale s'ouvre à porte s'abattant formant bureau; elle est décorée de plaques gravées : sujets de chasse dans le goût de Callot. La partie supérieure est à deux portes vitrées surmontées par un fronton. Toutes les parties de ce meuble sont enrichies d'arabesques, de rinceaux et de rosaces d'une riche ornementation.

2 — Autre Meuble semblable au précédent.

3 — **Grand et magnifique Buffet-Dressoir** en noyer sculpté et marqueterie en bois des îles; les étagères, couronnées par un fronton, sont supportées par des consoles et des statuettes de lions; la partie inférieure du meuble s'ouvre à deux portes ornées de figures allégoriques en marqueterie et flanquées de caryatides en relief; beau travail vénitien du XVIIe siècle.

4 — **Cabinet italien** en ébène et ivoire avec sa table-console. Il est à neuf tiroirs décorés de rinceaux et arabesques et à porte ornée de colonnettes supportant une galerie à balustre en ivoire; sur cette porte est une plaque gravée représentant une figure de bohémien d'après Salvator Rosa.

5 — Autre Cabinet semblable au précédent, orné d'incrustations d'ébène sur ivoire.

6 — Bureau-Cabinet orné d'incrustations d'ébène sur ivoire. La partie supérieure est divisée en trois compartiments à porte et tiroirs; celui du milieu est décoré d'armoiries et cintré du haut; pieds à balustre.

7 — Grand et beau Lit en bois sculpté. Il repose sur quatre pieds formés de caryatides de femmes. La tête du lit est couronnée par un magnifique fronton à armoirie, caryatides d'hommes, salamandres, rinceaux, fruits, etc.
Beau travail vénitien attribué à BRUSTOLONE.

8 — Grande Porte d'entrée d'un ancien palais en bois sculpté à ornements de style raphaélesque. Remarquable travail italien du XVIᵉ siècle.

9 — Joli Cabinet à porte s'abattant d'une élégante ornementation : figures de Mars et de Minerve, arabesques, animaux chimériques, etc.
Ce meuble est placé sur sa table-console.

10 — Autre Cabinet analogue au précédent.

11 — Cabinet Louis XIII en bois noir et écaille avec porte au centre ornée de caryatides en bronze.

12 — Cabinet italien à tiroirs et trois portes; celle du centre est ornée d'une figurine de Mercure placée dans une niche entre deux colonnes. Ancien travail milanais.

13 — Petit Cabinet italien à porte s'abattant, ornée d'arabesques et ornements variés.

14 — **Beau Meuble à deux corps** en ébène et ivoiré; la partie supérieure couronnée par un fronton est à portes vitrées, le milieu forme bureau; la partie basse s'ouvre à deux vantaux ornés de grandes plaques d'ivoire gravé représentant des fontaines monumentales.

15 — **Petit Meuble d'entre-deux** à porte vitrée, étagères et fronton. Élégante ornementation en marqueterie d'ivoire sur ébène.

16 — **Jolie Table** à quatre faces, ornée de trois plaques d'ivoire gravé représentant des figures mythologiques et de frises où se jouent de petits Amours parmi des rinceaux.

17 — **Autre Table** semblable à la précédente en marqueterie d'ébène sur ivoire.

18 — **Jolie Table de milieu** ornée d'une plaque d'ivoire gravé représentant *les Forges de Vulcain*, de rosaces, de frises à rinceaux et de filets incrustés sur ébène et sur palissandre. Pieds à balustre.

19 — Une autre semblable.

20 — **Six belles Chaises** à dossiers sculptés et ornées de plaques gravées représentant des personnages en costume Louis XIII; ces dossiers se relient à des montants détachés, décorés de rosaces et de figurines d'Amours.

21 — Six autres Chaises semblables aux précédentes.

22 — **Grand et beau Meuble** à deux corps en noyer et bois rose; portes pleines ornées d'une élégante marqueterie de bois à trophées de musique, fleurs, rinceaux et armoiries; sur les côtés du meuble sont deux pilastres cannelés supportant un entablement à fronton cintré.

23-24 — **Deux belles Commodes** en marqueterie de bois de Maggiolini à rosaces, corbeilles de fleurs et ornements variés.

25-26 — Deux autres Commodes de même travail, avec variantes dans l'ornementation.

27 — **Petite Table à jeu** en marqueterie de bois à rosaces et rinceaux; pieds cannelés.

28 — Autre Table à jeu.

29 — **Un petit Bureau** plat en marqueterie de bois du temps de Louis XVI.

30 — **Une petite Table** de dame de même travail.

31-32 — **Deux Tables de nuit** en marqueterie de bois à rinceaux, rosaces, etc.

33-34 — **Deux autres** plus petites.

35 — **Commode-Bureau** en bois de noyer, orné de marqueteries de diverses nuances et de moulures en bois noirci.

36 — **Deux Statues de Maures** formant torchères en bois sculpté et peint.

37 — **Console** en bois sculpté et doré; pied formé par une caryatide de femme.

38 — **Très-joli Miroir** à biseau avec encadrement en bois sculpté et doré, ornements à rinceaux où se jouent des figurines d'Amours.

39 — **Un Triptyque** en os sculpté représentant la Vierge et plusieurs saints; encadrement en certosina; travail vénitien.

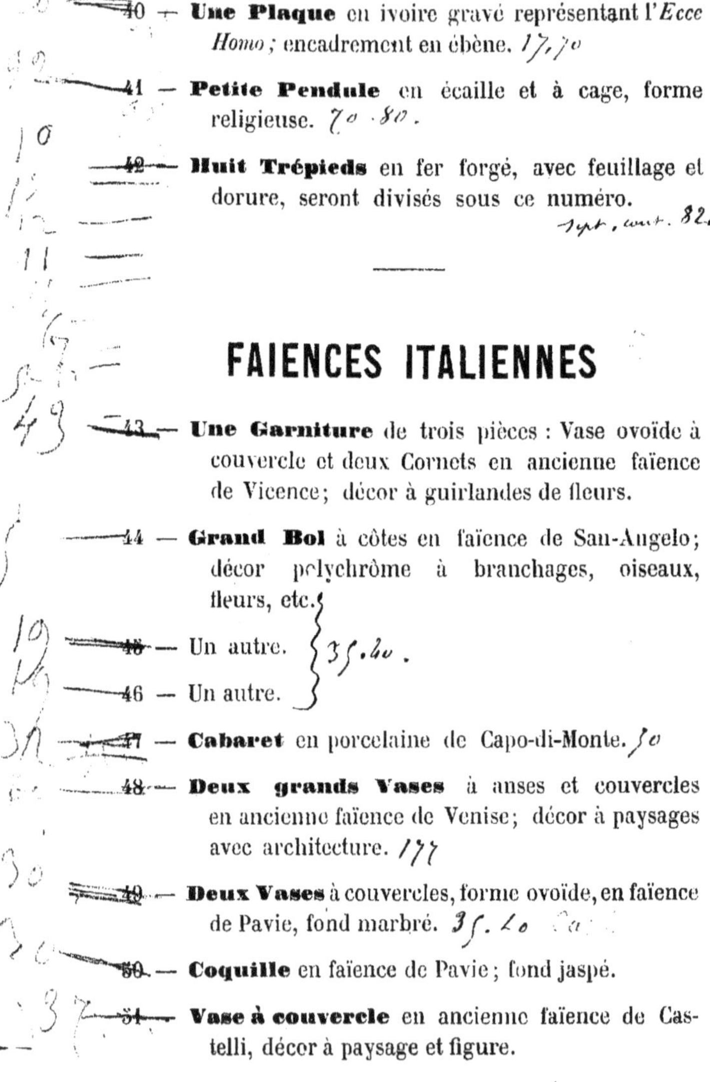

40 — **Une Plaque** en ivoire gravé représentant l'*Ecce Homo*; encadrement en ébène.

41 — **Petite Pendule** en écaille et à cage, forme religieuse.

42 — **Huit Trépieds** en fer forgé, avec feuillage et dorure, seront divisés sous ce numéro.

FAIENCES ITALIENNES

43 — **Une Garniture** de trois pièces : Vase ovoïde à couvercle et deux Cornets en ancienne faïence de Vicence; décor à guirlandes de fleurs.

44 — **Grand Bol** à côtes en faïence de San-Angelo; décor polychrôme à branchages, oiseaux, fleurs, etc.

45 — Un autre.

46 — Un autre.

47 — **Cabaret** en porcelaine de Capo-di-Monte.

48 — **Deux grands Vases** à anses et couvercles en ancienne faïence de Venise; décor à paysages avec architecture.

49 — **Deux Vases** à couvercles, forme ovoïde, en faïence de Pavie, fond marbré.

50 — **Coquille** en faïence de Pavie; fond jaspé.

51 — **Vase à couvercle** en ancienne faïence de Castelli, décor à paysage et figure.

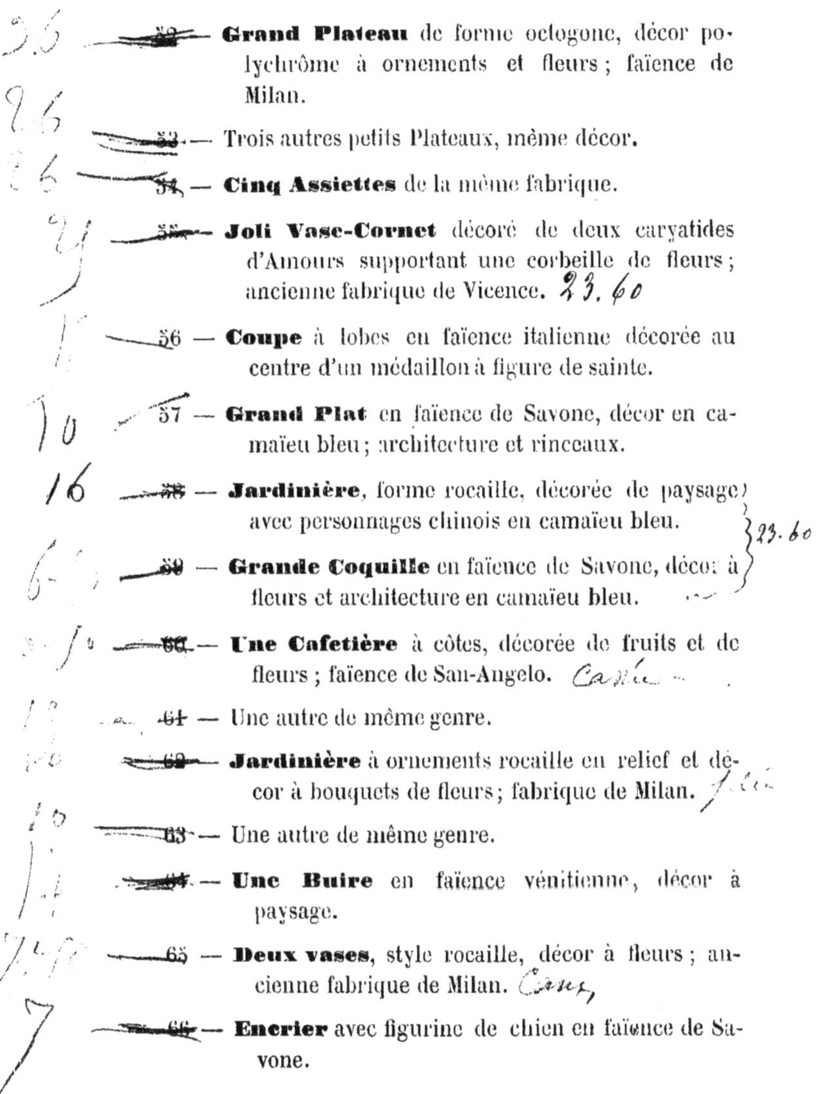

52 — **Grand Plateau** de forme octogone, décor po-lychrôme à ornements et fleurs ; faïence de Milan.

53 — Trois autres petits Plateaux, même décor.

54 — **Cinq Assiettes** de la même fabrique.

55 — **Joli Vase-Cornet** décoré de deux caryatides d'Amours supportant une corbeille de fleurs ; ancienne fabrique de Vicence.

56 — **Coupe** à lobes en faïence italienne décorée au centre d'un médaillon à figure de sainte.

57 — **Grand Plat** en faïence de Savone, décor en ca-maïeu bleu ; architecture et rinceaux.

58 — **Jardinière**, forme rocaille, décorée de paysage avec personnages chinois en camaïeu bleu.

59 — **Grande Coquille** en faïence de Savone, décor à fleurs et architecture en camaïeu bleu.

60 — **Une Cafetière** à côtes, décorée de fruits et de fleurs ; faïence de San-Angelo.

61 — Une autre de même genre.

62 — **Jardinière** à ornements rocaille en relief et dé-cor à bouquets de fleurs ; fabrique de Milan.

63 — Une autre de même genre.

64 — **Une Buire** en faïence vénitienne, décor à paysage.

65 — **Deux vases**, style rocaille, décor à fleurs ; an-cienne fabrique de Milan.

66 — **Encrier** avec figurine de chien en faïence de Sa-vone.

Plat décoré d'oiseaux, d'arbustes et de ruines en camaïeu bleu.

Plateau à piédouche en faïence de Savone, décoré d'un sujet mythologique en camaïeu bleu.

Un autre.

Une Théière en faïence de Milan, décor à fleurs.

Petite Corbeille à jours en faïence de Milan.

Plat rond en faïence de Venise ; décor polychrôme ; paysage et architecture.

Autre plat rond, décoré d'oiseaux et architecture sur fond gris-bleuâtre.

Petite Écuelle avec plateau et couvercle en faïence de Milan, décorée de fleurs en relief.

Plat ovale en faïence de Moustiers ; rosace et bordure à ornements en camaïeu bleu.

Grand Plat rond en faïence de Venise, décoré au centre d'une figure de berger.

Plateau ovale à anses détachées, décor a paysages ; faïence de San-Angelo.

Trois Plats variés en faïence de Milan.

Petit Plat en faïence des Abruzzes, décoré au centre d'une scène villageoise.

Plateau à piédouche ; décor à paysage et architecture ; bordure en relief.

Un autre de même genre.

Grand Plateau à ombilic à portrait en faïence de Venise ; décor polychrôme à feuillages.

Plat rond en faïence de Venise, décoré au centre d'un médaillon à paysages.

Coupe à jour, faïence de Venise, fond blanc.

Deux Assiettes en forme de feuilles de vignes en faïence de Pavie.

Trois Assiettes de même décor à architecture et fleurs ; faïence de Milan.

Un Vase cylindrique en ancienne porcelaine de Chine, décor à paysage en camaïeu bleu avec rehauts d'or.

Renou et Maulde, imprimeurs de la Compagnie des Commissaires-Priseurs, rue de Rivoli, 144.   1905

531
931
944
936
295
600
224-40
212-10
118
118
236
256-50
354
383
7314.40
1731.15

9600.45